청소년 시선
008

다이너마이트를 든 소녀

정지민

시인의 말

하늘에서 탄이 쏟아지는 마을 도계에서 나고 자랐습니다.
아버지는 매일 시커먼 흥전항 굴속으로 출근하시고
엄마는 마교리와 흥전리 철로를 따라
낙탄을 주워 이고 오셨습니다.
아버지가 광부여서 우리 가족은 탄광촌에서 살았고,
가난하여 불편하기는 했지만
한 번도 불행하다고 생각해 본 적은 없습니다.
두 칸짜리 광산 사택은 따뜻한 보금자리였고,
두 분은 태백산맥처럼 굳건했으니까요.
이제는 저도 두 아이를 키우며 출근합니다.
언제나 다정했던 부모님을 떠올리면,
나는 무서운 게 없는 다이너마이트를 든 소녀가 됩니다.

2025년 가을
정지민

차례

1부 엄마는 얼마일까

함박눈	11
봉화	12
폐석	13
회중전등	14
원기소	15
풋이별	16
나는 행복합니다	18
극락에 업혀 온 날	20
망우리 돌리기	22
청이	24
연화 언니	26
착한 도둑님	28
황도 간주메	30
우야든동 살아야 된대이	31
국경일	32
엄마는 얼마일까	34
나의 소원	35
못다 한 숙제	36

2부 첫눈은 멀었고 첫사랑은 시작도 전

보물찾기   39

규폐증   40

무개 화차   41

장래 희망   42

이른 하교   43

검은 무지개   44

다이얼 비누   45

장날   46

배꼽 수술   48

사랑의 매   50

연탄집게 포청천   51

비닐 비료 푸대   52

새마을 운동   53

가을 운동회   54

첫사랑   56

광부 나비   57

3부 언젠가 나도 어른이 되면

희망 사택   61

계엄령   62

비루빡   63

연탄 오던 날   64

서울 아이   66

조개탄   68

조개탄 2   70

삼청교육대   71

다이너마이트를 든 소녀   72

이사   73

안성탕면   74

크리스마스 선물   76

탄광 말   77

정부미   78

박꽃   80

4부 택택택 자로 끝나는 이름

천장   83

사자와 해님   84

절교   85

나의 유레카   86

주디   88

나를 힘들게 하는 질문들   90

아버지 없는 사람   91

우식 라면   92

짜파게티   94

대통령 각하 하사품   96

박꽃 2   97

두부보다 애국   98

얼음   100

멸공 방첩   101

이것은 국가 경제 동맥이었다   102

항   103

글뤽 아우프   104

택택택 자로 끝나는 이름   106

개밥바라기   107

파독 광부   108

시인의 산문
  아홉 살부터 열여덟 살의 내게

쓰는 편지   109

독서활동지   117

1부

엄마는 얼마일까

함박눈

아버지 해고당하고
광부 사택에서 이사 나가던 날

문짝 하나 떨어져 나간 장롱 한편
켜켜이 쌓인
누런 월급봉투와
주택 복권을 보았지

내가 힘들 때마다 내리는
함박눈
창을 지우고
내 가슴에 쌓이는
누런 월급봉투들

녹지 않는 그날의 함박눈

봉화

도계에서 꿈을 꾸었지
천 년 묵은 느티나무에
석탄이 주렁주렁 열렸어

석탄에서 아이가 나왔지
눈이 초롱한 소녀였어
누굴 기다리나요
그때야 난 깨달았지
그 소녀를 기다렸다는 걸

세상은 식어 가지만
우리는 불이 될 거예요
태백산으로 올라
천제단에 봉화가 오르면
온 나라가 빨갛게 피어나지요
천지가 꽃밭이 될 거예요

폐석

아들이 판검사 되길 바라는 아버진
어둠 속 갱도로 내려가고
그림 그리고 싶어 하던 아들은
삼수행 청량리 밤 기차에 오르네

엄마 예불 가는 새벽
누구를 빌어야 할지 몰라
대문 앞 서성이던 하얀 눈발

불꽃이 될 수 없는 폐석산 돌들
어느 날 유리 마을* 되어 빛났네
한 개의 검은 폐석 같던 우리

이제야 난 기도해
아버지의 바람이
반짝이기를
세상을 비추기를

* 탄광에서 무연탄이 아닌 폐석(경석)은 버려졌으나, 이후 폐석이 유
  리 제품의 원료가 되어 석탄 광산 마을이 유리 광산 마을로 변함.

회중전등*

까막 동네를 아니?

낮도 밤도 까만 탄가루 뒤집어쓴 동네
아버지들은 땅속 갱으로 내려가고
엄마들은 삭도** 바구니 뒤집히면
세숫대야에 떨어진 탄 조각 이고 집으로 왔네
까만 눈망울 굴리던 우리는
세상 추워도 추운 줄 몰랐네
밤하늘 회중전등 같은 달님께
막장이 무너지지 않기를
두 칸 사택 방 창가에서 기도하였네
'오늘도 무사히'란 표어처럼

까막 동네를 아니?

* 회중전등懷中電燈. 가지고 다닐 수 있는 작은 전등. 전지를 넣으면 불
  이 들어오게 되어 있다.

** 공중에 설치한 강철선에 운반차를 매달아 사람이나 물건 따위를
   나르는 장치.

원기소*

'니는 하늘 높은 줄 모르고 땅 넓은 줄만 아는가베'
사택 1호 방 집 앞을 지나갈 적마다 땅딸보 아저씨
또래보다 작은 나를 놀리곤 했다
집에 들어와 장롱 위 원기소 병을 몰래 꺼냈다

'하루에 한 알씩만 아끼 먹그래이'
큰맘 먹고 엄마가 사 주신 영양제
손바닥에 쏟아부어 한 움큼 먹어 버렸다

저녁때 훌쩍 준 약병을 보고는
'이기 벌써 와 이리 줄었지……'
늘 말 잘 듣는 막내를 전혀 의심하지 않았지만
내 키는 일주일, 한 달이 지나도 땅강아지만 했고
괜히 똥만 자주 싸고 말았다

키가 작아도 놀리지 않는 어른들은
막장에서 가쁜 숨을 내쉬며 일하고 있었다

* 서울약품공업사에서 발매한 영양제. 1960~1970년대 국민 영양제
  로 인기를 끌었다.

풋이별

사랑이란 걸 알기도 전
이별부터 배웠다
새로 오신 선생님은 백설 공주 같았지만
웃지 않던 얼굴은
탄광 마을만큼 어두웠다
그녀가 앉던 자리 시원한 비누 향이
어느 날 사라져 버렸다

첫 발령 밤 기차 타고 내렸을 때

밤하늘엔 쏟아지는 은하수
앞내엔 재잘대는 물소리
나무 전봇대에 매달린 노란 불빛 아래
고요히 잠든 지붕들
가슴이 벅차올랐다
아침이 되자 자정 넘긴 호박 마차처럼
하늘엔 구름을 찢는 발파 소리
앞내엔 시커먼 물살들
나무 전봇대에 앉는 새들의 까만 날개

모든 상상은 깨졌다
산도 까맣고 강물도 까맣고
탄가루 뒤집어쓴 지붕들도 까만
그래서 선생님은 떠났다

석탄 캐러 가는 일곱 난쟁이처럼
죄 없이 쓸쓸한 하교를 하며
내 잘못이 아니어도
이별부터 배웠다

나는 행복합니다

텔레비전 문을 열고 전원을 켜자
배불뚝이 흑백 브라운관 속에서
남자 가수가 나왔다
'나는 행복합니다 나는 행복합니다
정말 정말 행복합니다……'

저런 것들은 아오지 탄광으로 보내야 돼
갑반* 채탄 일을 마치고 온
아버지가 말했다
양복 빼입고, 놀고먹는다고

놀고먹는 게 뭐 어때서
나는 놀고먹고 싶었지만
아무 말도 못 했다

그날 나는 꿈을 꾸었다
탄광에서 나온 아버지가
검은 석탄가루를 얼굴에 묻히고
안전모를 쓰고 춤을 추며 노래하는

꿈을

* 석탄 광부는 탄광 일을 할 때 24시간 삼교대로 갑반, 을반, 병반이
번갈아 갱 속에 들어가 일을 한다. 갑반은 오전 8시에서 오후 4시까
지 일하는 작업조, 을반은 오후 4시부터 자정까지의 작업조, 병반
은 자정부터 다음 날 8시까지 근무하는 작업조를 말한다.

극락에 업혀 온 날

검은 폐석 산골짜기
붉은 철쭉이 띠를 두르고
옆 산 중턱 암자 경내엔
붉은 연등이 늘어서 있던 날

산 아래 사택 사람들 절 마당에 모였다
공양간*에선
쉼 없이 떡이며 전이 나왔다

마지**가 끝난 후 아이들 주머니는
알록달록 사탕으로 배가 불룩했다
부처님 생일이라 기분이 좋아서인지
한 잔 두 잔 광부들이 건네는 곡차 때문인지
민머리까지 빨개진 비구 스님 얼굴은
사월 초파일 동그란 해 같았다

아이들은 막걸리 잔에 설탕을 넣고
한 모금 두 모금 돌려 먹었다

20

잔칫날은 저물어 혼자 집 찾아가는 길
하늘의 별이 빙글빙글 돌고
어둠 속으로 쏟아져 내 이마 위에 내려앉았다
아버지에게 업혀 산을 내려왔을까
그 등이 극락이었을까
새벽에 일어나 보니 단칸방에 누워 있었다

* 절의 부엌을 이르는 말.
** 부처에게 올리는 밥.

망우리 돌리기*

정월 대보름날 아침부터
아기가 있는 사택 집 앞을 기웃거렸다
가난한 동네에서 분유 깡통 구하기 쉽지 않아
경쟁이 치열했다

못으로 깡통에 구멍 숭숭 뚫고
양쪽에 손잡이 만들어 솔 광석, 삭쟁이** 들로
속을 채웠다 드디어
어둠이 찾아 올 즈음 우린 폐석이 쌓인
산으로 올랐다

달은 공평해 어둠 쌓인 곳곳
연중 가장 큰 얼굴로 밝게 비춰 주었다
동네 아이들이 새까맣게 모여
빨간 동그라미를 그리며
밤 속의 타오르는 불

그러다 '망우리여~' 하고 누군가 외치자
너도나도 활활 타오른 깡통을 던져 버렸다

보름달이 떠오르고
얼굴 까만 아이들 탄불처럼 환해지는 날

그날은 누구도
불장난하고 왔다고 혼나는 일은 없었다

* 정월 대보름 전날에 논둑이나 밭둑에 불을 붙이고 돌아다니며 노
  는 놀이. 특히, 밤에 아이들이 기다란 막대기나 줄에 불을 달고 빙
  빙 돌리며 노는 것을 이른다.

** 마른 나뭇가지를 이르는 충청도 서산, 태안 지방 사투리.

청이

사택 옆집으로 이사 온, 말이 느리던
까만 하늘 아래 얼굴만 하얗던 친구
벽 하나 사이 두고 살지만
조용한 그 애는 말도 없어
서로 얼굴만 보고 인사하는 정도였다

어느 날 학교 갈 시간인데
새벽종이 울렸네 하며 마을을 깨우는
노랫소리가 들리지 않았다
지난밤 갱에서 발파 사고가 있었다고 했다

전학 온 지 얼마 되지 않아
그 아인 다시 전학 갔다
까만 안경을 쓰고 하얀 지팡이를 들고
장님이 된 충청도 아저씨는
땅속보다 더 깊은 어둠 속으로
걸어가는 듯했다

아버지의 다른 한 손을 잡고 가는

그 아이는
공양미 삼백 석에 팔려 가는 청이 같았다
동화처럼 세상의 바다에서 연꽃을 타고 올라와
지금 왕자님을 만나 행복하게 살고 있을까

연화 언니

빛 들지 않는 시장통 한편
엄마는 의용 소방대 나가고
할머니는 콩나물 팔았지

초하룻날이면 대계사 다녀오라며
할머니는 언니의 작은 손에 불전 쥐어 주셨네
아버지는 탄광 사고로 돌아가시고
할머니와 엄마와 여동생과 사는
연화 언니는 꼭 사내아이 같았지

법당보다 점방으로 달려가
왕사탕 한입 가득 물던 연화 언니
부처님이 아시고 화내시면 어쩔라 그래?
흥! 그래서 울 아버지는 그렇게 갔냐?
중생 돌본다 해 놓고 그러지 않으니
나도 마찬가지야

할머니는 극락에서 그리던 아들과 만났을까?
할아버지가 없어도

아버지 없어도
연화 언니 얼굴엔 연꽃이 활짝 피었었네

착한 도둑님

공동 수도를 쓰던 사택에
집집마다 수도가 들어왔다
계량기를 묻어야 하는데
땅 팔 연장이 없는 엄만 곧장 앞 동으로 달려 갔다

고맙네 야들 아바이는 못 동가리 하나도 갖고 오는 뱁이
없으니……
지민이 아버지 정직해서 안 그라요 형님!

바짓가랑이에 묻은 어스름 털어 내고
저녁 밥상 앞 티브이 속에서
유신 철폐를 외치는 소리가 들렸다

텔레비전 좀 고만 보고 곡괭이나 좀 가져오이소
그런 거 가져오면 도둑놈인 기라
조용히 좀 해 봐라 지금 난리가 안 났나

'세상이 한번 디비져야 해!'
디비져야 할 세상 속 아홉 살

유신이 뭔 줄 몰랐지만
곡괭이를 빌려준 도둑님이 고마웠다

황도 간주메*

겨울 해 넘어가도록 팽이치기하던 관철이
갑자기 배가 아프다 데굴데굴 굴렀다
제 엄마 등에 업혀 동네 하나뿐인
석공 병원에 간 관철이
급성 맹장이었다고 했다
갑반 다녀온 아버지에게 엄마가 말했다

'내일 간주메 몇 개 사 가 봐야겠으요'

관철이가 부러워 나도 배가 아팠다
수술한 배는 황도 간주메 먹는데
천날만날 똥만 잘 싸는
내 배는 똥배라서

* '통조림'을 의미하는 경상도 사투리.

우야든동 살아야 된대이

'우야든동 살아야 된대이'
진미네 아줌마가 취할 때마다
엄마는 그렇게 말했다
탄광촌 유일한 병원장 사모님
뽀얀 우유 빛깔 피부에 목소리도 고왔다
그치만 매월 한 번씩 서울 본처댁 와
세간살이 박살 내고 돈 가져가면
다시 술집을 나가 장구채를 잡았다
가는 허리,
장구채를 가지고 놀던 하얀 손
굿거리장단은 흥겨운데
이어지는 가락 따라 눈물 흐르는 얼굴 보며
엄마 말을 속으로 따라했다
'우야든동 살아야 된대이'

국경일

비엔나소시지 같은 10월 연휴가 끝나고
교실 제자리로 돌아왔을 때
교탁 앞 선생님께서 말씀하셨다

'이제 국경일도 다 지났고
방학 때까진 열심히 공부하자'

─아직 국경일 하나 남았는데요
─뭐?
─크리스마스요

순간 교실엔 12월 폭죽처럼 웃음이 터졌고
소년은 진지하게 다시 말했다

─왜 크리스마스는 12월 한 번만 있는 거지요?
매달 있으면 안 되나요?

예수님이 자주 이 땅에 오신다면
우리가 사는 까막 동네도

아버지의 막장에도
축복 같은 평화가 오지 않을까

엄마는 얼마일까

걸 스카우트 회비 오늘까지 가져오랬단 말야!
날아오는 신발짝을 피하며 언니는
문 앞에서 또 악을 썼다

오늘 미술 시간 들었어,
크레파스 준비해 오랬어!
빗자루를 피해 엄마 치맛자락을 잡고
뱅글뱅글 오빠도 소리쳤다
'느그 엄마 팔아 먹그라!'

오후반* 등교를 하며 신작로 걷다
문득, 엄마도 파는 건가
우리 엄마는 얼마일까

아무리 비싸도 절대
팔지 않을 거라 생각했다

* 1970년대 한 반의 인원은 60~70명이었다. 학생 수는 많고 교실은 부
  족해서 오전반, 오후반으로 나눠 등교했다.

나의 소원

병반 마치고 아침에 온 아버지 아직 주무시는데
따가운 햇살 이고 온 광주리장수 아줌마
평상에 털썩 앉고는 보자기를 걷었다

검붉은 똬리를 틀고 있는 순대
그 옆엔 간과 허파가 김 솔솔 내뿜자
1호 방, 2호 방, 3호 방……
집집마다 나와 한 봉다리씩 싸 들고 가고

언제 잠 깼는지 문지방 너머 아버진
이 풍경을 보고만 계셨다
'먹고 싶은 마음 주고 싶은 마음'

문방구에 세워진 아이스크림 통 바라보던
내 눈빛 같았던 아버지
커서 어른이 되면
아버지에게 매일매일 순대를 사 주리라

못다 한 숙제

부엌에 앉아 노래를 불렀다
선생님께서 내 주신 숙제 때문이다
'내일은 어버이날이니 부모님께
꼭 노래를 불러 드리고 오렴'

병반 간 아버지는 아직 안 오셨고
눈곱도 떼지 못하고, 잠꼬대 같은 목소리로
연탄불 따뜻한 부뚜막에 앉아 노래를 했다

'나실 때 괴로움 다 잊으시고오~'
'니 뭐 하냐 퍼득 안 씻고
학교 갈 준비 안 하나!'

엄마가 소리치셨다
엄마 땜에 숙제를 못 했다

2부

첫눈은 멀었고 첫사랑은 시작도 전

보물찾기

마을 근처 솔밭으로 소풍 갔다
배낭엔 김밥과 사이다 그리고 과자와 사탕
그리고 오백 원 지폐를 쥐어 주었다
잊어버리지 말라는 엄마 당부와 함께

선생님의 훈시 각 반 장기자랑
그리곤 점심을 서로 나눠 먹었다
배꼽 아래가 허전했다
주머니가 없어 꼬깃꼬깃 접어
팬티 속에 넣었던 돈이 없어진 거였다
오줌 누러 갔다가 빠진 게 분명했다

오후 순서는 보물찾기
여기저기서 찾았다! 외치는 소리
홀로 정반대 풀숲을 헤매다
딱지처럼 접힌 오백 원 거북선을 발견하고는
나도 찾았다!

잊을 수 없는 소풍날이었다

규폐증*

국민은행 계좌에 돈이 쌓이듯
붉은 폐엔 석탄 가루가 쌓여 가고

찬 공기를 마시며 콩새들 이소하듯
아이들이 날아간 빈 골짜기

흰 눈이 밤사이 들판을 덮듯
탄가루가 서서히 내려앉은 겨울

삼억 년 전 공룡과 나무가 석탄이 되듯
광부들의 폐가 순식간에 딱딱해졌다

*규산이 많이 들어 있는 먼지를 오랫동안 들이마셔서 생기는 폐병.

무개 화차*

석탄 가득 실은 화차
선로에 줄줄이 서 있다

슬픔으로 이어진
고생대 침묵 위로 쌓이는 눈
출발 신호를 기다리고 있다
역 개찰구에 서서
언젠간 떠나리라
검은 화차
하얀 이마 위로 얹어 보내는 다짐

아직도 기다린다

*덮개나 지붕이 없는 화물차.

장래 희망

콩나물시루 같은 교실
미래의 제 모습을 적어 냈다

줄줄이 비엔나소시지처럼
의사 간호사 선생님 대통령도 있었다

그러다 선생님이 내게 물으셨다
넌 왜 연탄이라고 했니?

죽어서도 빙판길 덮는
연탄처럼 타오르고 싶어요

이른 하교

선생님이 수업 도중 친구 이름을 불렀다
가방 싸서 집으로 가 봐

토요일엔 4교시만 하면 귀가
김치 국물 흘린 도시락도
싸 가지 않아 좋았다
등교하면 빨리 집으로 가고 싶어 했지만
이유도 없이 일찍 가라고 할 때
우리는 그 이유를 안다
선생님은 우셨고, 우리들도 따라 울었다

어젯밤 병반 작업 중 탄광에서
동발*이 무너졌다 친구 아버지가 무너졌다

조등 단 대문 앞
삼베옷 입고 서 있는 친구
울지도 웃지도 않던
처음 보는 얼굴이 너무 낯설어 슬펐던 날

* 동바리의 준말. 갱내가 무너지지 않도록 지탱하는 기둥을 일컫는다.

검은 무지개

탄광 사택 공동 수돗가로
작은 여자애들이 모여들었다

돌판 위로 서툰 비누질
비비고 치대고 방망이로 두들겼다
한껏 엄마 흉내 내며 노는 한낮
빨래에서 무지개가 피어올랐다

부글부글 검은 거품 일며
손가락 사이사이 비눗방울
저마다 입김을 불어 날려 보냈다

햇살에 무지개 피어오르고
고된 아버지의 작업복에서
검은 무지개를 보았다

다이얼 비누

설날 아침 대통령 각하 하사품이 내려왔다

금박에 싸인 노란 금덩어리 비누
방울방울 거품 속 무지갯빛
빨랫비누로 씻던 아버지 얼굴

아이라인처럼 남아 있던 탄 자국도 지웠다
씻을수록 오래가는 향은 좋았지만
닳아 없어지는 비누처럼
아버지의 젊은 날도 그러했다

내년 설날엔 금박 싸인 비누 말고
진짜 금덩어리가 오면 좋겠다

탄복 벗고 장화 벗고 고향으로 갈 수 있게

장날

오일장 서는 날 아침
엄마가 몸뻬 바지 갈아입고
읍내로 나선 걸음에 그림자처럼 따라붙었다

새벽 일찍 묵호에서 올라온
고등어자반 한 손 사러 가는 길
엄마랑 함께여서 좋았고
장터 왕사탕 하나쯤은 얻어먹을 수 있었다

도원동 장터 입구에 들어서자
생선 장수 아줌마가 악을 쓴다
밤새 서방 주무르던 손으로
남의 물건은 만지기만 하고선 사지도 않네!
뺑튀기 박산 터지듯 주변엔 폭소가 터졌다

새우젓은 들어 봤지만 처음 들어 보는 것
온갖 욕설과 싸움이 장터에 울려 퍼졌다

엄마가 내 손을 끌었다

난전마다 마수걸이하려
파닥 파닥거렸다

배꼽 수술*

배꼽에 낀 검은 때 팠더니
배꼽 파면 죽는다
엄마에게 혼나고 잠든 밤

문밖 와글와글한 소리에 눈뜨자
보건소에서 나온 상냥한 목소리
사택 아줌마들 계몽 중이라 했다

산아 제한 운동을 가르치고 있었다
아줌마들도 아직 비몽사몽인가
엄마가 죽을까 봐 겁이 났다

엄마 배꼽 수술하지 마
나도 배꼽 안 팔게

제일 앞장선 아줌마는
다음 해 다섯째를 낳았다
온 마을이 배꼽 빠지게 웃었다

* 산아 제한 정책의 일환으로 관에서 탄광촌 부인들에게 적극 장려
하던 영구 피임법(불임 수술)을 의미한다.

사랑의 매

365일 방학도 없이 출근하는 아버지들
방학 날만 기다리던 아이
교정 흰 목련 가지 위 콩새들처럼
또래 친구들과 재잘거리는 교실
선생님 손에는 늘 가늘고 긴 몽둥이
사랑의 매였다

미술 준비물을 못 가지고 온 아이
영어 단어 시험을 못 본 아이
지각한 아이
교실은 언제나 매타작 소리
손바닥에서 엉덩이에서
종아리에서 춤추던 공포의 교실
사랑은 아픈 것이었다

매달 아버지들은 노란 월급봉투를 받았지만
아픈 것이 사랑이라면
사랑 따위 받고 싶지 않아
방학만 기다렸다

연탄집게 포청천

두 칸 사택 방
한 칸엔 부모님과 막내아들
다른 한 칸에 네 딸들
졸망졸망한 순이네
학교 가는 아침 아줌마의 고함 소리가
골목길을 깨웠다
둥근 양은 밥상을 에워싸다
집 밖으로 튀어나온 아이들
아줌마 손에는 연탄집게가 들려 있었다
가방도 못 들고나온 둘째 순이
삽지거리*까지 가 소리 질렀다
왜 아들만 계란 해 줘?
나도 먹고 싶단 말야
저 쌀만 축내는, 가시나를 언다 써

연탄집게가 쫓아 나왔다
순이네 포청천이었다
그러나 공명정대한지는 알 수 없었다

*사립문 밖의 길거리라는 뜻의 경상도 사투리.

비닐 비료 푸대

눈이 내리자, 동네 개들이 뛰었다
하늘 향해 길게 헛바닥을 빼어 물고
아이들도 달렸다

털장갑도 털신이 없어도
비닐 비료 푸대가 있으면 최고
하나둘 야트막한 뒷산으로 올랐다
해 지도록 오르락내리락
눈썰매 타기
이마엔 송글송글 엉덩이엔 불이 나고
젖은 옷에는 뜨거운 김이 솟았다

눈 오는 날
최고는 비닐 비료 푸대
우리들의 눈썰매였다

새마을 운동

생산량 증대와 속도전을 꾀하고자 한 북한의 운동은 무
엇일까요?

주관식 도덕 시험 문제였다
답안지를 들고 교실로 온 선생님
붉으락푸르락 소리치셨다

45번 일어나!
내가 언제 새마을 운동이라고 가르쳤냐!
운동은 같은 운동이잖아요

육십 명 아이들은 책상을 치며 웃어 댔고
45번만 빨간 홍당무처럼 서 있었다

천리마 운동과 새마을 운동 중
누가 더 빠른지는
선생님도 우리들도 알지 못했다

가을 운동회

기마전, 줄다리기, 매스 게임……
찬합 속 가득한 삶은 밤처럼
운동장엔 읍내 사람들로 가득했다

시합하는 아이들로,
관중석을 메운 가족들로
운동회 날 최고는 김밥이듯
백미는 달리기 시합

여덟 명의 아이들이 출발 총소리와 함께
총알처럼 튀어 나갔다
골인 지점에 들어서자 기다리고 있던 선생님은
먼저 들어온 순서대로 세 명을 데려갔다
달려가 나는 팔등을 내밀었다

작아서 잘 안 보여서 그래요
제가 먼저 들어왔거든요
옆에 섰던 멀대가 내려다보았다

갑반 다녀온 아버지에게
공책 다섯 권과 팔뚝을 내밀었다

3등을 해서인지, 상품을 받아 와서인지
오심한 심판에게 달려가
놓칠 뻔한 제 등수를 찾았기 때문인지

잘 웃지도 않는 아버지
운동회 날 터지던 박처럼 웃으셨다

첫사랑
── 봉숭아 물들이기

뜨거운 여름 뒤란에도 봉숭아 피었다
꽃잎을 따다 하얀 백반과 함께 찧어
손톱에 싸맸다

하룻밤 자고 나자 빨갛게 물든 손톱 보며
제발 천천히 자라라 손톱아
주문처럼 외웠다

학교에선 매주 두발 검사와
손톱 밑 때 검사를 했다
길면 가차 없이 자르고, 깎아야 했다
손톱 밑 아슬아슬 남아 있던 봉숭아 물이
깎이고 말았다

첫눈은 멀었고 첫사랑은 시작도 전
이루어질 수 없는 사랑이 되었다

광부 나비

나비야 나비야 이리 날아 오너라
평생 광부 아빠가 아는 노래라곤 그 한 곡

아빠는 저편 땅속으로 들어갔다
이편 하늘 아래 돌아왔다
그는 나비일지도 몰랐다
호흡이 가빠지고 허리는 굽어져
출근도 퇴근도 멈추었다
광부 나비는 다시 고생대로 돌아가
애벌레가 되는 듯했다

해 짧은 오후
연탄광 옆 툇마루에 앉아
아빠가 해바라기한다
양팔 펄떡이던 푸른 정맥이
가을 햇살 아래
가느다란 날개맥처럼 빛났다

나비야 나비야 춤을 추며 오너라

3부

언젠가 나도 어른이 되면

희망 사택

백오십 포기 김장을 끝내면
양푼 가득 벌건 김치 심부름 다녔고
노동지* 화덕 위 솥단지가 파쭉파쭉
노래를 부르고 나면
스텐 대접 가득 팥죽 심부름 다녔다

동동 뜬 하얀 새알
내 맘에도 새알 하나 품는 겨울
똑같은 탄광 살림살이
똑같은 광부 남편
똑같이 가난한 희망 사택

세상이 얼어붙어도 따뜻했고
가난해도 나눌 수 있다는 걸
엄마의 큰 손에서 배웠다

*동짓달 그믐 무렵에 든 동지. 이때에는 팥죽을 쑤어 먹지만, 음력 동
  짓달 초순에 든 애동지에는 팥시루떡을 해 먹는다.

계엄령

국민학교에서 돌아와 보니
온 마을이 초상이 난 듯했다
탄광에서 사고가 난 줄 알았지만
지난밤 대통령이 총 맞았단다
아줌마들이 흑백 티브이 속 북한 사람들처럼 울었다

골짜기에서 나고 자라
통리재*도 못 넘어 본 아홉 살
계엄령은 얼마나 험준한 고개일지 알지 못했다
십 대, 이십 대 나를 묶었던 계엄령

아직도 세상은 검은 골짝 골짝
세상이 온통 흑백으로만 보이더니
오늘도 계엄이 선포됐다

* 강원도 태백시 통동과 삼척시 도계읍 사이에 있는 고개.

비루빡*

소곤소곤 울먹이는 젊은 부부
키 작은 지붕 아래 눈물이 흘렀다

빚만 갚으면 고향으로 돌아갈 거라
그렇게 들어온 탄광
젖먹이가 국민학생이 되어도
빚은 탄 더미처럼 쌓여만 가고
땅바닥에 붙은 엿처럼
월급은 천날만날 같았다

뒷산에선 부엉이 울음소리
겨울밤 비루빡*에선 두 울음소리가 새고
아랫목에 잠든 척 웅크린 어린것
울음소리조차 내지 않았다

* '벽'이라는 의미의 경상도 사투리.

연탄 오던 날

옆방엔 을반 다녀오신 아버지 코 고는 소리
친구와 소곤소곤 놀던 겨울 한낮
밖에서 고함 소리 돌았다
―연탄 왔어요! 연탄!

탈탈탈 빈 리어카 내려가는 좁은 골목길에서
―고마 시끄럽다! 개놈의 새끼!
골목 끝 점방집 개 짖자
잠 덜 깬 아버지가 놀라 소리 질렀다

목줄 끊어져라 개는 더 짖어 대고
담벼락을 붙들고 배꼽 빠져라 웃던 친구

니네 아버진 개하고도 말하네
시험만 보면 매타작인 니는
사람 말도 잘 못 알아듣잖아

비탈 마을엔 복눈이 쌓이고
광에는 차곡차곡 연탄 쌓이고

젖몽오리 시작한 가슴엔
우정이 차곡차곡 쌓이고 있었다

서울 아이

60명이나 되는 콩나물시루 교실
콩나물 대가리가 하나 더 늘었다
하굣길 아이들이 호위 무사처럼
전학생을 따랐다

여기는 돼지를 많이 키우니?
저 산비탈에 돼지우리가 엄청 많네
여기도 케이블카가 다니네
근데 사람이 안 타고 저 시커먼 건 뭐니?

꾀죄죄한 어린 무사들이 끝말을 따라 했다
너 집 어디냐니?
너 숙제 했냐니?
모두가 서울 아이가 되고 싶어 했다

판자촌도, 삭도 바구니도 모르는 공주
하얀 타이즈 신은 구두

새끼 돼지 같은 아이들

씩씩거리며 씩씩하게
산비탈 집으로 올라갔다

조개탄*

금녀 구역 막장엔 얼씬도 못 하고
금남 구역 선탄반** 일자리는 하늘 별 따기

석탄 실은 삭도 바구니 뒤집히면
달려가 탄 조각 대야에 이고 오고
신작로를 달리던 트럭
덜컹덜컹 흘린 석탄을 주워 왔지

때때로 남의 눈 피해 야적장에도 갔네
돌아와 툭툭 갈라 터진 손으로
탄을 빚는다

팥죽 한 그릇도 못 먹어
잠도 오지 않는 동짓날 밤
마침내 조개탄이 만들어진다

봄이 오고 있다고
볼 빨갛게 잠든 어린것들
조개탄은 탄광 과수댁의 꽃눈이었다

* 조가비 모양으로 빚은 탄.

** 갱내에서 생산된 석탄에 함유된 이물질을 제거하고, 괴탄과 분탄
을 분류하는 작업을 진행한다. 여성 노동자가 대다수이다.

조개탄 2

과수댁 아줌마는 탄을 주웠다
삭도 아래 떨어지거나
석탄 운반 트럭이 흘리고 간 검은 보석들

열차 화물칸에서 떨어진 철길가
탄을 주우러 다녔다 진짜배기는
저탄장에서 서리해 온 탄들이었다

과수댁 아줌마는 탄을 빚었다
모은 탄을 물에 개어
아이 주먹만 한 크기로 뭉치면 끝

말린 조개탄이 아궁이에서 불타오르면
젖은 과수댁 아줌마의 겨울이
또 한 번 지나는 것이었다

삼청교육대*

공동 수돗가에 공동 화제가 된
철둑가 아줌마
사택 여자들이 검은 탄복을 빨 적에
푸른 수의를 빨고 있었다

해 질 녘 집으로 오다
끌려갔다 했다
—아가 바보가 되야 부렀소 뭐라도 말 좀 해 봐 허믄,
내가 말하면 엄마가 울 텐데
착하고 순한 효자 아들이었다 했다

저녁 뉴스
깡패, 사기꾼, 마약 밀수범 들을 잡아들인
삼청교육대는 사회 정화 중이라 선전했다
어디서 제사상 올릴 양 울음소리가 들렸다
수돗가에서 본 정의와
텔레비전 속 정의는 달랐다

* 전두환 정권이 삼청계획 5호에 따라 만든 반인륜적 불법 기구.

다이너마이트를 든 소녀

폐석산 중턱 오두막으로 이사 왔다
석공 사택 얻기가 하늘의 별 따기

첫날 잠을 자려 누웠지만
잠은 안 오고
방바닥 아래에선 쾅쾅 소리가 들렸다

무서워 이불을 똘똘 말다 깬 아침
갱도에서 다이너마이트 터트리는 소리라 했다

내가 잠들어 있을 때
아버지가 굴착기 들고
검은 석탄을 깨는 소리였다
더는 그 소리가 두렵지 않았다

언젠가 나도 어른이 되면
세상 어둠 깨는
다이너마이트 하나 들겠다
다짐했다

이사

들고 남이 잦은 탄광촌
어제는 눈물 바람에 실직자 떠났고
새 아침 소형 트럭 한 대가 들어왔다

아이고마…… 언제 떡까정…… 잘 먹을게요
엄마는 누군가에게 인사한 후,
모락모락 시루떡 한 접시 들여왔다

이사 왔는데 떡은 왜 돌려?
오는 놈은 떡으로 치고
가는 놈은 돌로 치는 법이란다

물도 설고 말도 선 땅
올 땐 정붙이려 떡을 치고
갈 땐 그 정 떼려
제 가슴 돌팔매질했다

안성탕면

마흔다섯의 광부
하룻밤 새 백발이 된 왕비처럼
머리는 하얗고, 입가는 할머니처럼 쪼그라들었다
이빨이 동발처럼 무너져 버렸다

풍치라 했지만 굴진부*의 과로가 원인이었다
야매 기공사가 끼워 넣은 틀니
남 눈에만 그럴싸해 보였을 뿐 잇몸은 피가 나고
제대로 씹지도 못했다
이 없으면 잇몸으로 산다지만
퉁퉁 부은 잇몸으로 퉁퉁 불은 면 삼키며
다시 삼교대 반으로 출근한다

이 없이도 먹기 좋은 안성맞춤 안성탕면
그날 이후 난 절대 먹지 않았다

딱딱 소리 나던 틀니 때문도
우지 파동** 때문만도 아니었다

*석탄을 캐내기 위해 암석 갱도를 파고들어 가는 작업조.

**1989년 11월, 국내 최초의 라면 생산 업체인 삼양식품이 공업용 기름을 사용한다는 오명을 쓰고 도산 직전으로 내몰린 사건.

크리스마스 선물

크리스마스이브 날 4호 방* 집에 놀러 갔다
문갑 위 빨간 머리핀 보자
토끼 눈이 되어 심장이 두근두근
집으로 올 때 내 낡은 주머니에 있었다

손에 땀 나도록 만지작거리기만 했을 뿐
두근거리는 맘에 잠 못 이루다
산타를 기다리는 게 아니고 아침을 기다렸다

다음 날 있던 자리에 두고 왔다
옆집 머리핀이 제자리를 찾자
지난밤 지옥이 사라지고
마침내 마음에 평화가 찾아왔다

'네 이웃집 머리핀을 탐하지 말라'
크리스마스 선물이었다

* 대한석탄공사 탄광 사택은 블록 연립 형태. 방 두 칸, 다섯 개 가구
  가 나란히 붙어 있다. 각 방을 1호 방, 2호 방 등으로 부른다.

탄광 말

받아쓰기 백 점을 맞고 집으로 오자
빨간 다라이*엔 정구지**가 한가득했다
보약처럼 다듬어 김치 담그는 엄마
사끼야마*** 아버진
오늘은 조시****가 좋네 한다
우등상장을 받아 온 난
짜장면에 다꽝*****을 먹을 수 있었다

국어사전엔 없는 탄광 말
서울과 탄광, 교과서 안과 밖처럼
같은 땅 같은 하늘이지만
우리가 사는 탄광은
교과서 밖 다른 세계였다

* '대야'를 일컫는 일본어.
** '부추'의 경상도 사투리.
*** 탄광 막장에서 석탄을 캐는 숙련 갱부를 일컫는 일본어.
**** 상태, 기세, 태도 등을 뜻하는 일본어.
***** '단무지'의 일본어.

정부미

매달 월급에서 제하고 쌀이 배급되었다
표를 들고 갱차처럼 늘어선 줄
억센 사투리가 튀어나왔다
엔간하면 좋은 쌀 좀 주소
우덜한텐 와 맨날 나쁜 쌀만 주요?

텔레비전에선 세제 광고가 인기였다
정부미*가 선전하던 세제였다
희게 빨아 줘요 말표 희드라
땟국이 잘 빠져 아줌마들이 좋아했다
그 정부미*가 어느 날 화면에서 사라졌다
이주일보다도 못생겨서라고 했다

희드라는 좋았고
광산미**는 나빴다

* 1970년대 활동하던 코미디언으로 당시 품질이 낮았던 정부미政府
米를 빗대어 사용한 예명. 본명은 양용남이다. 1980년 신군부 비상
계엄령 초 무렵에 국가가 배급하던 쌀 '정부미'의 안 좋은 이미지가
대중들에게 연상된다는 이유로 출연이 정지되었다.

** 탄광에 보내는 저렴하고 질 나쁜 쌀을 산지에선 광산미라 부른다.

박꽃

법전엔 없지만 탄광엔 있는 불문율
딸을 낳으면
탄광쟁이와 뱃사람에겐 시집보내지 말라

중학교 졸업 후 이웃집 언니는 부산으로 갔다
신발 공장에서 매달 월급이 온다고
딸 자랑이 이어졌고
역시 맏딸이 살림 밑천이라 부러워들 했다
어느 날 배가 불러 온 그녀는
검게 그을린 남자와 함께였다

원양 어선 타던 그와 탄광에서 살림을 차리려
혼사 치르기 전 장사 먼저 치를 듯
아줌마는 목 놓아 울었다

딸이 딸을 낳자
할머니가 된 아줌마는
박꽃처럼 웃었다

4부

택택택 자로 끝나는 이름

천장

저 감기 걸렸어요, 아파요
엄마 보고 싶어요 집에 갈래요
나도 엄마 보고 싶어

선생님도 엄마 있어요?
어디 있어요?

검지 손가락 들어 위로 향했다
왜 천장에 있어요?
거긴 하나님이 계신 곳이잖아요?

천장은 위험하니
어서 내려오시라 하세요
내려와서 얼른
아픈 사람 안아 달라 하세요

사자와 해님

겨우내 눈길을 누비던 부츠 밑창 너덜너덜
구두 병원에 맡겼지
까맣게 잊고 있다 찾았네

미용실에서 파마한 머리
부스스 부풀어 오른 채
사장님, 넘 늦게 와서 죄송해요
저 기억나시지요?
우리 집에 사자 머리 많이 와요

수업 마치고 서둘러 조퇴하는데
아홉 살 초딩들 쪼르르 몰려왔네
선생님 머리가 왜 그래요?
응? 어떤데?
이글이글 해님 같아요

사자 같은 용기와 해처럼 밝은 얼굴로
교문을 나선다
오즈로 향한다

절교

세계의 종교를 알아보는 시간

교회 다니며 하나님을 믿는 것은
기독교요
아니야 우리 할머니는 성당에 가시는데
하나님을 믿어
모두 맞아요 맞고요
하루 다섯 번 절을 하는 사람들은
이슬람교
절에 다니며 부처님을 믿는 것은
무엇일까요?
선생님! 저요!
절교요!

어린이들이 어른들의 종교를 깼다

나의 유레카

육십여 명의 깜장 병아리들이 모인 1학년 교실
기역 니은도, 숫자도 써 본 적 없이 입학했다
엄마가 해 준 대로 가슴에 큼지막한 손수건만
매달고 가면 되는 줄 알았는데……

제 이름이야 며칠 새
개발새발 외워 쓰게 되었지만
숫자, 8이 문제였다 더군다나
내 생애 첫 학급은 8반
눈사람 그리듯 늘 쓴 숫자

수업이 끝나고
빈 공터에서 혼자 곱돌로 쓰고 또 쓰다
어둠이 내린 줄도 모르고
나도 내가 모르게
땅 위로 써진 하얀 숫자

달빛이 비춰 주는 검은 신작로 따라 달렸지
'엄마! 나도 팔 쓸 수 있어!'

아홉 살 인생
처음 외친 나의 유레카였다

주디*

갱내 동발이 무너졌다는 소리보다
탄광 폭파 사고가 났다는 소리보다
큰 태풍이 몰아치던 밤

우당탕쿵탕 와장창 쨍그랑
잠자던 사택 사람들은 뛰쳐나왔다
한데 있던 장독들이 깨지고
빨래 장대는 넘어지고

사택 끝 집인 5호 방 우리 지붕은 날아갔다
파자마 차림의 아버지를 보며
4호 방 아줌마 말했다

'지민이 아버지 그 와중에 챙길 거 다 챙기 나왔네예'

아버지 손에는 통장과 인감도장이 있었다
얄궂은 폭풍 속에서 한바탕 웃고는
곤한 잠자러 다들 들어가 버리고

어둠 속 인감도장처럼 빨갛게 빛나는 별
처음 하늘을 우러러본 아름다운 여름밤이었다

* 주디JUDY는 1979년 8월 24일부터 26일까지 대한민국 남부 지방에
  영향을 준 제11호 태풍이다.

나를 힘들게 하는 질문들
―가정 환경 조사1

새 학년 새 학기가 되자
아이들 책상 위로 종이 한 장씩 놓였다

아버지의 학력?
아버지의 직업?
집은 자가인지 전세 아님 월세
냉장고가 티브이가 전화가 있는지……

월말시험 기말시험보다
더 싫은 질문들이었다

아버지 없는 사람
―가정 환경 조사2

아버지 없는 사람?

학년이 올라가고 다시 새 학기
의례 치러야 할 행사가 왔다
담임 선생님은 일일이 체크하는 게 귀찮으셨던지
질문지를 읽으시고는 손을 들라 했다

콩나물시루 같은 교실 아이들 눈이
창가 쪽 삐죽히 올라온 손을 향해
모였다

질문은 계속 이어졌고
우리는 손을 들었다 내렸다 반복했다
하굣길 오십천 방죽에 앉았다

친구는 슬프게 울었고
난 화가 나 강물 위로 돌멩이를 마구 날렸다
그날은 선생님이 미웠다

우식 라면

엄마 뱃속에 있을 때
감기약을 먹어
세상의 소리를 듣지 못하는 최우식

짓궂은 사내아이들이
귀머거리 귀머거리 놀리면
입술을 보며 알아챈 우식이는
복도에서도 운동장에서도
달려들어 주먹을 날렸다

선생님께서 교탁 맨 앞 내 옆자리에 앉혔다
우식이가 못되어 싸우는 게 아니었고
수화는 몰랐지만 그 아이 눈을 보면 알았다

어느 날 녀석 책가방엔
농부가 그려진 빨간 봉지 라면 하나
함께 먹으려 가져왔다는 손짓
알았다 끄덕이던 눈짓

수업이 끝나고 휑해진 운동장
키 작은 여자아이와
마음으로 소리를 듣는 아이
두 머리 위로 봄 햇살 뿌려지고
부순 면엔 라면수프를 뿌렸다

농심 라면이라 쓰여 있었지만
내겐 우식 라면이라 읽혔다

짜파게티

시험을 보고 우등상을 받는 건
기분 좋은 일
더 좋은 건
우등상장을 들고 집으로 가면
엄마는 신작로 길가 흥전반점으로
데려가 짜장면 한 그릇 시켰다
엄만 노란 다꽝*만 몇 개 씹었다

어느 날 이상한 라면이 나왔다
집에서도 먹을 수 있는 짜장면
한 봉지 사 와 삶아
'이거 먹어 봐 짜장면이래'

엄마 젓가락이 한 번 두 번 계속되더니
숟가락으로 양념을 싹싹 쓸었다
'엄마 냄비 밑 빠지겠다!'
민망해 웃는 입가엔 까만 양념장
'세상에 뭐 이리 맛난 게 다 있노'

돼지 저금통 뜯는 날
두 봉지 사리라 마음먹었다

대통령 각하 하사품

광부들은 거리에서도 똑같은 방한복을 입고 다녔다
작업복 가슴엔 제각각 노란 직번*이 수놓였지만
방한복 안쪽에 대통령 하사품이라 수놓여 있었다

골짜기 추위에 광부들은 감사히 입었다
덩치 큰 짝꿍 녀석이 제 아버지 옷을 입고 와
아버지가 나 줄라고 작은 치수를 신청했대
한 개도 안 춥다 자랑했다

경첩 하나 빠져 덜렁거리는 장롱 문 열어
아버지 방한복 입고 거울 보니
병아리 우장** 쓴 거 같았다

가슴 안쪽에
대통령 하사품이라 수놓인 자리가
지워져 있었다

* '직원 번호'의 준말.

** 비를 맞지 않기 위해서 차려입는 우산, 도롱이, 갈삿갓 따위를 이른다.

박꽃 2

사월 초파일이면 앞산 중턱 암자
법당 마당 한가득 박꽃 피었네

탄광에 간 남편 '오늘도 무사히'*
서울서 삼수하는 큰아들 대학 합격하기를
막내 등에 책가방 짊어 보내고
해 빠지기 전엔 집으로 오라는 당부

엄마는 종일 법당에 앉아
관세음보살을 불렀다

검은 석탄 물 흐르는 개울 지나
엄마 하얀 고무신을 따라오는 달빛

천만 송이 박꽃 떠내려가듯
물소리 흘렀다

*1960~1970년대 갱 앞에 붙어 있던 표어.

두부보다 애국

안방 정중앙 네발 달린 티브이 두 문 열자
엄마는 오늘도 김치찌개를 들고 들어오셨다
동그란 네발 양은 밥상에 둘러앉은
여고생, 남중생, 초등학생
밥숟가락 들려는데 애국가가 나와
벌떡 일어나 가슴에 손을 얹었다

'저 바보'
'모지리 쯧쯧'

상급 학생인 언니 오빠는 놀렸고
나는 애국가가 끝날 때까지
국기에 대한 경례를 하였다
학교에서 그렇게 배웠으니까

자리에 앉자 노란 양은 냄비 속 두부는
모두 사라지고 없었다
식은 김치 국물에 밥 말아 먹으며 속으로 말했다
야들야들한 두부보다 선생님 말씀이 더 중요해

그래도 두부 생각이 떠나질 않았다
괜찮아……
자꾸만 하얀 두부 생각이 떠나질 않았다

얼음

엄마 따라 장 보고 집으로 돌아가는 길
읍사무소 앞 장터에 애국가가 울려 퍼졌다
국기 하강식을 하는 것이었다

'괴로우나 즐거우나 나라 사랑하세'

엄마와 난 그 자리에 멈춰 서
얼음이 되었다
지나가던 택시도
난전 팔다 남은 푸성귀 다듬던 곱은 손도

그렇게 나라를 사랑했던 시절
가난한 사람들만 모두 얼음이 되어
길거리에서 천천히 녹아 가고 있었다

멸공 방첩

간첩 신고 혹은 삐라를 주워 오면
공책을 준다기에
탄광 사택 아이들이 산으로 올랐다

광부 안전모의 등처럼
눈알 벌겋게 찾아다녔다
신발에 진흙이 묻어 있다는
수상한 사람도 없고
오솔길엔 삐라가 아닌 솔가지 향들

종일 산을 헤매다 어스름 끌고 집으로 왔다
다리는 욱신욱신, 가시풀에 찔린 팔은 따끔따끔
멸공은 보이지 않았다

이것은 국가 경제 동맥이었다

 영월 마차탄광 강릉탄좌 성주탄좌 평창탄좌 삼척 도계
광업소 경동탄광 상덕광업소
 삼마광업 국일탄광 태보탄광 신번지탄광 한양탄광 신원
연화탄광 신원대성탄광 능보탄광 태흥광업소 태성탄광 풍
원광업소 삼보탄광 태백 장성광업소 한보탄광 함태탄광 강
원탄광 철암탄광 정선 함백광업소 동원탄좌(사북읍 사북
광업소) 삼척탄좌(고한읍 정암광업소) 회동탄좌 나전탄좌
우전탄좌(명주광업소) 자미원광업소 임계탄광 충남 보령
성주광업소 성주탄광 영풍탄광 대천탄광 삼풍탄광 경북
문경 은성광업소 대성탄좌(문경광업소) 호남탄좌 화순광
업소 화순탄광…… 수많은 쫄딱구뎅이*

* '작은 구멍'이란 뜻으로 영세 탄광 또는 하청 탄광을 일컫는 은어.

항

내가 사는 광산촌엔 항들이 많았다
도계항 홍전항 동덕항
그러나 등대는 보이지 않았다

두더지 같은 광부와
노란 인차 들이 줄 지어 있던 탄광촌
아버지들은 밤처럼 깊은 땅속으로 들어갔다

고생대로 파고 파고 파고들어 가
바다를 찾아가는 듯했다

한 번도 본 적 없는 바다를 꿈꾸었다
동발 사고도 죽탄 사고도 없는
고래들이 사는 항

오늘도 별 없는 밤을 보면서
고래들이 지나가는 중이라 생각하며
잠이 들었다

글뤽 아우프Gluckauf*

탄광촌 어디서나 붙어 있던 표어
'오늘도 무사히'
사택 방 안에도
버스 안에도, 둥근 갱 입구에도

마르고 키가 작은 체격
안경을 쓰지 않을 것
쌀 한 가마니 짊어질 수 있으면 통과
도계광업소에서 실습하고
먼 나라 독일로 떠났다네

고국에서 배움은 짧았지만
파독 광부들 누구나 아는 독일어
표어 같은 인사
글뤽 아우프

나도 거울을 보며 인사한다
글뤽 아우프

* '행운을 빕니다'라는 의미의 독일어. 깊은 갱도에서 무사히 올라오라는 의미로 파독 광부들이 나누는 독일어 인사말.

택택택 자로 끝나는 이름

골짜기 따라 한 줄로 선 고삐 사택
두 동씩 접으로 붙인 접 사택
새로 지은 신 사택
예전부터 있어 구 사택
햇볕이 잘 드는 양지 사택
일본 관리자들이 살던 양반 사택
과장 항장*이 사는 과장 사택
계장급 관리자 사는 계장 사택
한 개 동 건물에 사택이 여섯 칸인 육 칸 사택
네 칸짜리 사택이 아홉 개 동인 구동 사택
가·나·다로 시작하여 하동까지 붙은 가나다라 사택
나라에서 모범 산업 전사에게 선물한 돌로 지은
모범 산업 전사 돌 사택

선산부 아버지의 희망이었던
내가 살던 희망 사택

*탄광의 총감독.

개밥바라기

아침 갑반 나갔던 개밥바라기
여름 초저녁 아직 훤할 때
환한 시장기 집으로 가더니만

오후 을반 갔던 개밥바라기
새벽하늘 은하수 건너
젖은 발목 집으로 돌아가네

파독 광부

가난을 지고 날아서
서독에 짐 부렸네
매일 천 미터 지하 갱도는 두려워
일 년이면 돌아가리라 했지

부모님 생신날에 마을 잔치를 열었고
동생들 진학했고
경부 고속 도로가 나고 있다는 소식들이 날아오는 동안
삼 년 계약 지나고 다시 삼 년이
다시 삼 년⋯⋯

젊은 날의 꿈이 백발이 되어
자식의 나라 독일 땅에 묻히겠지만
가슴엔 오래전 비명 하나 새겨 놓았네

나의 조국 대한민국

시인의 산문

아홉 살부터 열여덟 살의 내게 쓰는 편지

아홉 살부터 열여덟 살의 내게 쓰는 편지

어떻게 살고 있나?

청량리에서 강릉으로 내려가던 기차가 흥전역과 나한정
역 사이에서 뒷걸음치는 협곡엔 스위치백*이란 철도가 있
었습니다. 너무도 가파른 곳이라 달리던 기차가 멈춰 선 후
다시 엉금엉금 뒤로 갔다 다시 앞으로 달려야 골짜기로 내
려갈 수 있었습니다.

빨간 깃발 녹색 깃발 흔들며 '도계'가 기다리고 있었지요.
강원도 전체가 탄광이라고 해도 과하지 않을 정도로 크고
작은 탄광이 많았지만, 삼척시 도계읍은 특히 전국에서 최
고 생산량을 자랑하던 곳이었습니다.
그곳에선 한때 오만 명의 인구가 살았다지만 실제로는 육
만 명이 넘었을 것으로 추정됩니다. 초등학교 학급당 한 반
이 육십 명을 넘었고, 학년당 열두 반이나 되었고, 그것도 모
자라 오전반 오후반으로 나누어 등교했던 기억이 납니다.

아이들은 땅에서 울리는 발파 소리를 들으며 자랐고, 대

다수 아버지들은 '광부'였습니다. 탄광에서 석탄 캐는 일을 하던 아버지들은 아침에 출근하면 갑반, 오후에 출근하면 을반, 밤에 출근하면 병반, 꼭 우리들 오전반 오후반처럼 밤낮없이 출근하였습니다.

우리는 매일 아침 엄마가 보자기에 싸 주시는 양은 도시락을 들고 등교하였고 집으로 오는 길에 코를 닦으면 새카만 콧물이 묻어나곤 하였습니다. 점점 자라면서 우리에게는 방학이 주어져 놀 수 있는 날이 있었지만, 광부 아버지들은 일 년 열두 달 방학이 없다는 걸 알았지요.

도계항, 홍전항, 점리항, 동덕항……. 온 마을 전체가 항으로 둘러싸여 아침이면 '새벽종이 울렸네! 새 아침이 밝았네……'. 사택마다 울려 퍼지는 노랫소리에 깨어났습니다.

어른들의 고단함을 알기엔 아직 너무 어렸던 어느 날 제겐 큰 사건이 일어났습니다.

그날 아침엔 도계항에서 나오는 노랫소리가 들리지 않았고, 하교 후 집에 와 보니 옆집 마당엔 관이 하나 있었습니다.

말이 옆집이지 다섯 개 가구가 살 수 있던 방 두 칸짜리 단층 연립 사택이라 벽 하나로 나누어 놓은 것뿐 바로 옆방 같았지요. 지난밤 항에서 사고가 났던 거였어요. 그것이 가스 폭발 사고였는지, 죽탄[1] 사고였는지, 아님 동발이 무너진 것이었는지 모르지만 언제나 탄광은 그렇게 목숨을 걸고 들어가는 곳이었습니다.

어제까지도 자신의 딸과 함께 놀던 그분이 그 관에 누워 있었습니다. 제가 처음으로 목격한 '죽음'이었습니다. 자식들 입고 먹이고 가르쳐 행복하게 살기 위해 들어가는 그곳은, 언제나 목숨을 담보하고 있었던 것입니다. 그만큼 위험하고 열악한 곳이 탄광이었습니다. 내 아버지도 저런 주검으로 돌아오면 어쩌지, 언젠가 우리는 모두 떠나는 거구나. 그날부터 저는 몇 날 며칠 앓아누웠습니다.

아랫목에 누워 밥도 안 먹고 늘어져 있는 딸을 보며 영문도 모른 채 위로해 주던 순박한 엄마의 모습은 지금도 생생합니다.

"걱정하지 마라. 느그들 밥 안 굶고, 대학까지 갈 수 있다. 아버지 사끼야마[2]에 만근[3]이고 돈 많이 벌어 온다. 우리

---

1) 죽탄은 석탄과 물이 섞여 갱내에서 발생하는 진흙성 혼합물로, 작업 중 붕괴나 수압 증가 등으로 갱내에 쌓여 광부를 덮칠 수 있다.

3) '숙련공'이라는 뜻의 일본어.

4) 결근, 지각, 조퇴 없이 일정한 기간을 일했을 때 '만근'이라고 한다.

집 돈 많다"

'어차피 죽을 거 왜 애쓰며 살아야 할까?', '나는 왜 태어났을까?', '어떻게 살아야 할까' 등등. 가엾기만 한 두 분의 위로에도 그날 이후 저의 우울은 깊어만 갔습니다. 윗목에서 담배 연기 내뿜는 아버지의 얼굴이 보였습니다. 그런 엄마와 아버지를 보며 한없이 가여워 눈물이 쏟아졌습니다.

사춘기였을까요. 이후 제 눈에 들어오는 것은 여리고, 아픈 것들과 작은 것들이었습니다. 아버지의 검은 작업복, 취로 사업 나가며 쓰던 엄마의 하얀 머릿수건, 동생 업고 나와 선탄반 가신 엄마를 기다리던 뒷집 아이, 앞집 할아버지 굽은 등 위로 쏟아지던 가을 햇살, 진학이 어려워 공장으로 떠나던 아이들 머리 위로 쌓이던 눈…….

그리고 수십 년이 지난 지금은 몇 킬로미터를 걸어 마실 물을 길으러 가는 먼 나라 아이들, 잘못한 것도 없이 전쟁통에서 굶주림과 두려움에 떠는 아이들, 아홉 살 나이에 목에 조혼 목걸이를 두른 소녀들이 그때 탄광의 아이들과 겹쳐 눈앞에 어른거립니다. 그때나 지금이나 세상에는 여전히 가난하고 힘겹게 살아가는 사람들이 많이 있다고, 그들도 부자들과 똑같은 인간이며 행복할 권리가 있다고, 그럼에도 그 사람들의 눈물과 울음소리를 지켜보며 아무것도 할 수 없다는 것에 대해 무력감이 듭니다.

제가 태어나 열여덟 살까지 살았던 도계에서의 삶은 가난했지만 단 한 번도 불행했다고 생각한 적은 없습니다. 오히려 행복했다고 생각합니다. 모자람 없는 사랑, 아버지와 엄마의 희생 덕분이었습니다. 그 시절 저는 슬픈 사람에겐 위로가 되고, 어느 척박한 곳에서라도 마음속 희망을 싹 틔울 수 있도록 힘을 불어넣어 주는 시를 쓰고 싶었습니다. 그것은 사십여 년이 지났지만, 마음속 석탄처럼 간직해 온, 언젠가 다시 불붙어 오래도록 타오를 시간을 기다려 온 저의 유일한 희망이었습니다. 제가 시인이 된 유일한 까닭이기도 합니다.

오랜 사춘기 동안 제가 원하는 삶은 생명과 자유와 평화였습니다. 사십 년 전 사택 창틀에 앉아 울던 여치, 귀뚜라미, 풀벌레 소리가 아직도 귀에 들립니다. 그 소리가 묻는 것은 아니겠지만, 그날 그 소녀가 지금 다시 저에게 묻고 있습니다.

어떻게 살고 있니?

아홉 살부터 열여덟 살까지의 제 기억은 갱 속 깊은 곳에서 석탄처럼 잠들어 있다가 이 시집 속에서 다시 깨어났습니다. 오래전 탄광촌 소녀의 성장기이자 저의 십 대 그리고 오래도록 이어진 사춘기의 기억들. 태어났으니 우린 살아야 했고, 살아 있으니 나 자신이 불꽃 같은 희망이어야겠다고, 어느 날 갑자기 이런 생각이 들었습니다.

이 책을 읽는 여러분들 중 혹 지금 힘든 분이 계시다면 그럼에도 앞으로 나아가세요. 어른이 된 후 잠들었던 기억이 다시 세상 속에서 환한 불꽃이 될 수도 있습니다. 힘든 기억은 오래 잠들더라도 언젠가 더 큰 빛을 내뿜을 수 있습니다. 제가 그랬듯이 여러분도 '다이너마이트를 든 소녀'와 함께 어디서든 희망을 터트릴 수 있기를 응원하겠습니다.

늘 이 하루도 그렇게 살아가려 노력하며, 그렇게 살고 있다고 저 스스로에게도 응원을 보냅니다. 부끄러운 저의 성장기를 읽어 주어서 고맙습니다.

* 스위치백switch back은 경사가 가파른 구간에서 열차의 전진·후진을 반복하게 하여 목적지에 오를 수 있도록 설계한 철도 선로이다. 삼척시 심포리와 태백시 통리 구간에는 해발 700m에 이르는 험준한 지형을 극복하기 위해 국내 유일의 지그재그 철로 시설이 있다.

독서활동지

▷ 탄광촌에서 나고 자란 시인은 광부였던 아버지와 낙탄을 주워 이고
   오신 어머니를 회고합니다. 우리 가족을 짧게 소개해 볼까요?

....

....

▷ 이 시집의 제목은 『다이너마이트를 든 소녀』입니다. 내가 이 책의 제
   목을 새로 짓는다면 무엇이라고 지을까요?

....

....

▷ 인상 깊었던 시 한 편을 고르고 그 이유를 이야기해 봅시다.

....

....

▷ 「폐석」(13쪽)에서는 탄광에서 버려졌던 폐석이 나중에 유리 제품의
   원료가 되어 '유리 마을'처럼 빛났다고 설명합니다. 쓸모없다고 생각
   했던 것이 새로운 의미를 가지고 빛나는 것을 본 경험이 있나요?

....

....

▷ 「장래 희망」(42쪽)에서 친구들은 의사, 간호사, 선생님, 대통령 등을 꿈꾸지만, 화자는 '연탄'이 되고 싶다고 말합니다. 나의 장래 희망과 그 이유를 적어 볼까요?

....

....

▷ 「다이너마이트를 든 소녀」(72쪽)에서 화자는 어른이 되면 "세상 어둠 깨는 다이너마이트 하나"를 들겠다고 다짐합니다. 내가 생각하는 세상의 '어둠'은 무엇이며, 그 어둠을 깨기 위해 어떤 일을 할 수 있을까요?

....

....

▷ 「두부보다 애국」(98쪽)을 읽고, 가족의 기대나 다른 중요한 가치 때문에 포기해야 했던 경험이 있었다면 이야기해 봅시다. (좋아하는 음식, 게임 시간, 개인적인 취미 전부 좋습니다.)

....

....

▷ 정지민 시인은 힘든 기억은 오래 잠들더라도 언젠가 더 큰 빛을 내뿜을 수 있다고 우리를 응원합니다. 힘들었던 기억을 적고 먼 미래에 어떤 '빛'이 되어 돌아올지 상상하며 위로의 글을 써 봅시다.

....

....

다이너마이트를 든 소녀
2025년 10월 30일 1판 1쇄 펴냄

지은이   정지민
펴낸이   김성규
편집   조혜주 최주연 권은하 한도연
감수   김남극 하상만
디자인   신혜연
펴낸곳   쉬는시간
주소   서울 마포구 동교로 17길 65, 501호
전화   02 323 2602
팩스   02 323 2603
등록   2019년 9월 3일 제2022-000287호

ISBN 979-11-988905-8-0 44810
ISBN 979-11-984300-0-7 (세트)

* 이 도서는 강원특별자치도, 강원문화재단 후원으로 발간되었습니다.